Petit Ours Brun est amoureux

Marie Aubinais • Danièle Bour

bayard jeunesse

Petit Ours Brun
a une amoureuse,
et il parle d'elle :
c'est Petite Ourse Grise !

Petit Ours Brun
aime la retrouver,
et il court vers elle
quand il arrive.

Petit Ours Brun
aime bien sa robe rouge,
et aussi son collier
qui fait du bruit.

Petit Ours Brun joue
souvent avec elle,
et il sait qu'elle aime
les mêmes jeux que lui.

Petit Ours Brun
la tient par le cou,
et il est content
quand elle le tient aussi.

Petit Ours Brun lui fait
des petits cadeaux,
et il est heureux
quand elle dit :
– C'est joli !

Petit Ours Brun
est amoureux.
Et celle qu'il aime,
c'est Petite Ourse Grise.

Découvre d'autres aventures de Petit Ours Brun :